L'HEUREUX CÉLIBATAIRE,

OU

LES AVANTAGES DU CÉLIBAT,

POEME,

SUIVI DU CÉLIBATAIRE CONVERTI;

PAR J.-J. DELEAU,

Chevalier de la Légion-d'Honneur.

Le tems qui change tout, change aussi nos humeurs.
(BOILEAU.)

TOURS,

LETOURMY, IMPRIMEUR-LIBRAIRE.

1817.

A1589

Y+ Ye

L'HEUREUX CÉLIBATAIRE,

OU

LES AVANTAGES DU CÉLIBAT.

L'HOMME à la liberté, depuis son premier âge,
Adresse constamment son culte et son hommage ;
De son être en entier déployant les ressorts
L'enfant, dans le berceau, rassemble ses efforts
Contre les instrumens de l'utile esclavage
Qu'impose à sa faiblesse une nourrice sage :
Parvient-il à briser le lien rigoureux
Qui le gêne et l'opprime ; au comble de ses vœux,
Il s'agite, sourit, et par quelque caresse
A sa mère fait part de toute son ivresse.

Le désir d'être libre, avec l'air aspiré,
Dans nos veines circule et s'accroît par degré.
Voyez cet écolier qui bondit dans la plaine,
Il touche au premier lustre et se connaît à peine ;
Sous les coups redoublés de son agile main,
Le docile cerceau s'enfuit dans le lointain ;
Plein de joie, hors d'haleine, il le suit, il le presse,
Lorsque le son fatal d'une cloche traîtresse
Parvient à son oreille et glace de terreur
De notre jeune enfant les esprits et le cœur :

Lentement et l'air triste il regagne l'école,
Et songe, en frémissant, à la leçon frivole
Qui de la liberté lui ravit les douceurs
Et de la servitude exige les rigueurs.

Quittons cet âge heureux de l'innocente enfance,
Pour consulter les goûts de notre adolescence ;
L'amour, ce séduisant et mielleux poison,
Fait connaître aux humains cette ardente saison.
Parmi les passions dont l'âme est agitée,
A travers tous les feux dont elle est tourmentée,
Je vois briller encor l'impérieux désir
De vivre indépendant et selon son loisir.
Nulle chaîne, à nos yeux, ne peut sembler légère ;
Et puisque l'hyménée est un lien austère,
Évitant des époux le rigoureux destin,
Suivons du célibat le facile chemin.

Aux charmes ravissans de notre indépendance
Se joignent les douceurs de l'utile inconstance.
Le papillon voltige, et va de chaque fleur
Respirer à son gré l'haleine et la fraîcheur ;
D'une aile frémissante il caresse la rose,
En passant baise un lis, sur un œillet se pose :
Quand une abeille active a pompé du jasmin
Tout le suc et le miel, meurt-elle sur son sein ?
Le changement à l'homme est aussi nécessaire,
Et la fidélité me paraît arbitraire.
Quiconque se soumet à d'inflexibles lois,
Par un contrat se lie et renonce à ses droits,
S'il tient à son serment, s'il ne devient parjure,

Rebelle à tous ses sens, irrite la nature.
Célibataire heureux, je suis libre, en amour,
D'imiter Épicure et Platon tour-à-tour ;
Mes jours brillant encore du printems de la vie,
Méconnaissent le deuil de la monotonie ;
Et ses tristes enfans, ennuis persécuteurs,
Jamais d'un souffle impur n'aigrissent mes humeurs.

Les soucis de l'hymen et de la jalousie
Respectent mon ardeur auprès de mon amie ;
Chaque jour à ses pieds me ramène content,
Me présente à ses yeux plein d'amour et constant :
Mais lorsque la froideur, succédant à ma flamme,
Vient de son amertume empoisonner mon âme,
Et paraît un instant altérer ma gaité,
Je brigue les faveurs de quelqu'autre beauté,
Je change de maîtresse ; ingénieux Joconde,
Courtisant à la fois et la brune, et la blonde,
Sitôt que l'innocence a reçu mes soupirs,
Je vole chez la veuve éteindre mes désirs.

Ne t'effarouche point, vertu fière et sublime ;
L'inconstance en amour, pour moi, n'est pas un crime :
Si l'hymen peut de l'homme enchaîner les ardeurs,
Le célibat n'a point de semblables rigueurs.
Et vous, sexe charmant! vous dont l'âme sensible
Se fait d'une chimère une loi trop pénible,
Femmes, qui de ma lyre osez blâmer les sons,
Consultez la nature et suivez ses leçons.

Heureux cent fois celui qui, par un sort propice,
Évite de l'hymen l'effrayant précipice

Où l'inflexible Dieu, de son lien fatal,
Attache les mortels à son char infernal;
L'hymen qui nous sourit, au fond de son abyme,
Entouré de chagrins, dévore sa victime,
Et l'époux malheureux, abattu, consterné,
Se voit, trop tard, hélas! à souffrir condamné.

Des ris et des plaisirs rassemblant tous les charmes,
Le célibat jamais ne fait couler nos larmes.
Sorti du sein des eaux, lorsque l'astre du jour
Du monde nous paraît recommencer le tour,
Que le réveil actif, en dissipant les songes
Enfantés dans la nuit par d'aimables mensonges,
Stimule par degrés mes esprits assoupis,
Tous mes premiers pensers volent chez mes amis :
De mille sentimens dont mon ame est remplie,
Naissent les plaisirs purs de la mélancolie,
Et mes sens enivrés d'une douce langueur
Respirent à loisir un tranquille bonheur.
Si par fois retournant aux époques passées,
Loin du présent l'aurore emporte mes pensées,
Je cours rapidement à travers les pays
Que la valeur française, à mes yeux, a conquis :
Ces souvenirs flatteurs, compagnons du silence,
S'envolent avec lui. Nouvelle jouissance
Hors du logis m'appelle et presse mon lever :
Quelle énorme voiture ici vois-je arriver?
J'entends claquer un fouet; d'où vient cette poussière
Dont l'épais tourbillon obscurcit la lumière?
D'un œil plus attentif je reconnais soudain

Du courrier de Paris l'équipage et le train :
C'est lui qui chaque jour, en toute diligence,
Vient apprendre aux oisifs ce qui se passe en France,
Ce qu'offrent de nouveau Londres, Tunis, Pekin,
Dresde, Vienne, Moscou, Fernamboue ou Berlin.
Chez C***** je cours, j'arrive plein de joie,
Et *la Quotidienne* à mes yeux se déploie :
Quoi ! sans cesse joignant, aux actes d'équité,
Des preuves de sagesse et sur-tout de bonté,
LOUIS, à tout instant, veut rappeler au monde
Que des vertus son cœur est la source féconde !
Mais quel discours, plus bas, irrite mes esprits ?
C'en est assez ; passons au *Journal de Paris* :
J'y lis avec plaisir plusieurs notes critiques,
De courts raisonnemens, quelques traits satyriques ;
Mais sur-tout j'aime à voir, en dépit des cagots,
Que la raison y brille et triomphe des sots.
D'un œil avide aussi je parcours *le Mercure*,
Et bientôt lui succède une utile brochure,
Où, de nos exaltés crayonnant le portrait,
L'auteur, en m'instruisant, m'amuse et me distrait.
Tout plaisir à la fin me fatigue, me lasse ;
Il est tems de quitter mes journaux et ma place :
J'aborde mes amis, qui, venus tour-à tour,
Vont me mettre au courant de tous les bruits du jour.
L'un me dit qu'au matin, l'épouse d'un . . . .,
Près de son Adonis cherchant à se distraire,
En délit fut surprise, et d'un mari jaloux,
Par la fuite, a trompé l'inutile courroux ;
Un autre à mes regards offre, en miniature,

Le ravissant portrait de sa jeune future,
Et laissant de son cœur échapper un soupir,
Me commande un secret qu'il ne sait pas tenir.

De mille nouveautés et d'une et d'autre sorte,
Chacun m'ayant instruit, je regagne la porte;
Que le temps passe vîte auprès de ses amis !
Dix heures ont frappé, je reviens au logis :
Le facteur à l'instant arrive les mains pleines;
Quel espoir me caresse et coule dans mes veines!
A ce frémissement, à ces transports secrets,
Au trouble qui m'agite, à tout je reconnais
La beauté qui t'envoie, épître ravissante !
Oui, la main de Sophie est la main bienfaisante
Qui de son tendre cœur a peint les doux accens,
L'amitié qui l'anime, et l'ardeur de ses sens.
Le charme que j'éprouve est un charme illicite
A qui du célibat a franchi la limite;
Le sein de son épouse a droit à tous ses feux,
Et le cruel hymen, tyran trop scrupuleux,
Défend de ses états, par un ordre sévère,
La redoutable entrée aux courriers de Cythère.

Ton style séduisant, tes aveux, tes sermens,
Chère amie, ont en moi réveillé les tourmens
Que j'endurai naguère : il te souvient encore
De mon amour pour toi, cet amour qui dévore,
Qui déchire, qui brûle, assoupi dans mon sein,
Quand je lus ton écrit, s'est réveillé soudain;
Ton absence l'aigrit, l'aiguillonne, l'irrite :
Ta présence m'est-elle à jamais interdite !

Ces feux qui de mon sang précipitent le cours,
Exhalés du poison des plus vives amours,
Réclament du zéphir l'haleine douce et pure,
Le calme des forêts et la fraîche verdure :
La saison le permet ; bientôt, dans le lointain,
Je m'égare, un Virgile, un Delile à la main.
Comme eux, amant épris de la belle nature,
J'admire de Rhéa l'élégante parure :
De tous côtés les bois, les plaines, les côteaux
Viennent peindre en mes yeux leurs superbes tableaux.
Par un étroit sentier, le hasard qui me guide,
Me mène sur le bord d'une eau vive et limpide :
Silencieux, rêveur, lentement je parcours
Du rivage émaillé les sinueux détours ;
Un saule épais, courbé sous le poids de son âge,
Enfin sur le gazon me prête son ombrage :
Là, mollement assis, sans soins et sans désirs,
Je vais ouïr chanter les innocens plaisirs,
Et du peintre des champs mon oreille docile
Va recevoir encore une leçon utile.
Quel habile pinceau ! quelle vive couleur !
Delile, je crois voir près de moi ton pêcheur,
Sur le ruisseau penché, l'œil fixé sur le liège,
Aux habitans des eaux tendre le fatal piège ;
Il retire la ligne ; au bout de l'hameçon,
Dans les airs, se débat le malheureux poisson :
D'un plomb mortel atteinte, on croit dans la campagne
Voir tomber l'alouette, et sa chère compagne,
De la foudre étourdie et pleine de terreur,
D'un vol rapide et sûr, fuir l'inhumain chasseur.

En vers mélodieux, ta lyre enchanteresse,
Étalant de nos champs la pompe et la richesse,
Comme le doux parfum d'une odorante fleur,
Réjouit mon esprit et dilate mon cœur.

Pourquoi faut-il, hélas! quitter ce saule antique,
Et terminer sitôt notre entretien rustique!
Adieu ruisseau limpide, adieu tendre gazon;
Déjà l'astre du jour, regardant l'horizon,
Guide vers l'occident de la voûte azurée
Ses superbes coursiers à crinière dorée :
Il est tems de partir; l'heure de mon repas,
Sur le plus court chemin précipite mes pas :
Je gagne les remparts, dans la ville j'arrive,
Et le traiteur en moi voit un nouveau convive.

Dans le salon rangés, vingt couverts chaque jour
Attendent vingt amis qui viennent tour-à-tour :
Déjà tous sont présens; chacun passe, repasse,
Et sans plus différer dans le cercle prend place :
Le potage se sert, les verres sont remplis,
Du généreux Bourgueil par-tout naissent les ris;
La gaîté la plus vive à la table préside,
Et le front le plus sombre avec nous se déride.
O spectacle divin pour un œil amateur !
Quel homme précieux qu'un bon restaurateur !
Dans notre âme aussitôt l'ardeur gastronomique
Se réveille à l'aspect du festin magnifique.
Là, sur un vaste plat, un énorme bouilli
De sa place d'honneur semblant enorgueilli,
Répand de toutes parts sa vapeur odorante ;

La fine côtelette , à la sauce piquante ,
A sa droite est posée ; à gauche, un fricandeau ;
Plus loin, c'est la blanquette, ou bien un riz de veau ;
J'aperçois un filet, dit sauté dans sa glace ,
Et plusieurs mets encore, qui , rangés à leur place,
Offrent à l'œil charmé le plus riant tableau.

Quel époux jouissant d'un spectacle si beau ,
Peut chez lui , chaque jour, comme nous se distraire ?
Le grand art de Véry, pour le célibataire ,
Exprès fut inventé. C'est pour lui que Martin ,
De poissons frais pourvu, frit la sole au gratin ;
Que Beauvilliers , Lambert, Legacque, Billiote
Font rôtir le canard, bouillir la matelote.
L'hymen est un amant de la sobriété :
Sans les garçons, amis de la vive gaîté,
L'art du restaurateur serait dans son enfance ;
Paris méconnaîtrait les *Frères de Provence* ,
Et l'illustre traiteur, dont l'aïeul Bancelin
Des noces de Cana prépara le festin,
Fait authentiquement consigné dans l'histoire,
Auprès de ses fourneaux végéterait sans gloire.
Mais à quoi bon ici ces frivoles discours ?
Mieux vaut de mon dîner, je crois, suivre le cours.
Quoi ! la première entrée est déjà disparue !
Où sont donc tous ces mets qui brillaient à ma vue ?
Sans doute , entretenant l'un et l'autre voisin,
Je n'ai point vu les plats passer de main en main :
Quiconque à discourir à table temporise ,
Prêche dans le désert et fait grande sottise.

Le bon vin me console, et dans moins d'un clin-d'œil
J'avale coup sur coup deux verres de Bourgueil.
D'un service nouveau notre table garnie,
De morceaux succulens est à l'instant fournie :
Déjà de tous les yeux réjouis, attentifs,
Partent de tous côtés des regards expressifs,
Et chacun dans l'extase offre sur sa figure
L'allégresse et les traits du joyeux Épicure.
Quel mouvement soudain de l'un à l'autre bout !
A trancher et servir on s'empresse par-tout ;
Le signal est donné, tout est mis en déroute ;
Les assiettes, les plats, à la fois sont en route :
Chacun prend et reprend ; celui-ci le brochet,
Celui-là le saumon, le troisième un poulet ;
Je reçois un merlan, je passe la salade ;
Mon voisin veut un riz, j'offre une marinade :
Qui demande là-bas les pois ou les anchois ?
Quel vacarme, grands Dieux ! chacun parle à la fois.
Fort à propos arrive une jeune fillette
Qui, la guitare en main, nous chante une ariette ;
Le silence renaît, et le cercle gaillard,
Attentif, observant le tendron égrillard,
Prête l'oreille, admire, à lui donner s'empresse,
Celui-ci quelqu'argent, et l'autre son adresse ;
La sensible beauté sourit, tendant la main,
Reçoit tout sans mot dire, et s'éloigne soudain.

Pendant ce tems la table a pris une autre face,
Et les plats dégarnis au dessert ont fait place ;
C'est alors que l'esprit, devenu plus badin,
Va de propos divers égayer le festin.

Si par fois les bons mots qu'aiguise l'ironie
Paraissaient un instant troubler notre harmonie,
Le généreux Bordeaux, aussitôt apporté,
Ramènerait le calme et la tranquillité ;
Tel est l'heureux effet de ce jus délectable.
Ainsi, toujours contens, au sortir de la table,
Les convives bouillans d'ardeur et de santé,
Accompagnés des ris, enfans de la gaieté,
Tous ensemble s'en vont, suivant la loi du sage,
De la vie embellir et charmer le voyage.

N'attendez pas qu'ici, babillard indiscret,
Je dise les plaisirs que chacun se promet ;
Des divertissemens que le célibataire,
Au gré de son penchant, selon son caractère,
A le droit de choisir et de prendre ici-bas,
Il en est qu'au lecteur je ne citerai pas :
En vers bons ou mauvais, sur mon ingrate lyre,
Ce sont les miens encor qu'il s'agit de redire.

Amour, dans le lointain j'entends ta douce voix ;
Je t'obéis, je cours me ranger sous tes lois.
Quel est ce lieu charmant qu'un feuillage si sombre,
En dépit de Phébus, protège de son ombre ?
Sur quatre rangs plantés, dessinant trois berceaux
De superbes tilleuls enlacent leurs rameaux,
Et s'élevant du sol jusqu'au-delà des nues,
Présentent à mes yeux trois longues avenues ;
C'est là que de Cypris représentant la cour,
Un essaim de beautés s'assemble chaque jour ;
D'ici je vois briller, sur la tendre verdure,

De ce sexe enchanteur l'élégante parure :
Je le vois fouler l'herbe et la timide fleur,
Et rival de Thalie en éclat, en fraîcheur,
Affectant de Junon la marche noble et fière,
D'un pied sûr et léger, parcourir la carrière.

Sous ces arbres touffus, artistement taillés,
Je vois en cercle assis vingt groupes émaillés,
Qui, du tendre tilleul goûtant le frais ombrage,
Attendent des amans les regards et l'hommage.
Il est tems d'approcher : exact au rendez-vous,
Pénétrons dans la lice, évitons les jaloux;
Pour tromper les argus, gagnons leur confiance,
Et de propos flatteurs caressons l'innocence.

Quelles sont ces beautés dont les bras arrondis
L'un à l'autre en chaînons me paraissent unis?
De leurs pieds délicats l'herbe à peine est atteinte,
Et j'en recherche en vain et la trace et l'empreinte;
Toutes trois ont la grâce et les traits de Cypris;
Sur leurs lèvres je vois les sourires assis;
Leurs fronts où la candeur mollement se repose,
Brillent du tendre éclat du lis et de la rose :
Pour nous donner des fers et soumettre nos cœurs,
L'amour a-t-il exprès formé ces jeunes sœurs?
De leurs yeux langoureux l'humide et pure flamme,
Comme un trait, par mes yeux, passant au fond de l'...
Dans mes veines répand une douce chaleur,
Enivre tous mes sens et dilate mon cœur.
O vous! qui de Vénus préférant la bannière,
Parcourez des amans la brûlante carrière,

Vous qui toujours soumis à de vagues désirs,
D'un pur et chaste amour dédaignez les plaisirs,
Voyez ces trois beautés que tour-à-tour j'admire :
Corine vous adresse un gracieux sourire,
La sensible Délie un séduisant regard,
Et la gentille Aglaure, innocente, sans art,
Plus jeune que ses sœurs, belle, vive, ingénue,
De ses chastes attraits réjouit votre vue.

Au doux ravissement qui coule en votre cœur,
Ici, reconnaissez une timide ardeur,
Qu'injustement Cypris, au temple de Cythère,
A, parmi ses élus, fait passer pour chimère ;
Savourez avec moi les charmes d'un soupir,
De l'amour de Platon enfin sachez jouir.
Quand d'un trait plus aigu mon ame est déchirée,
Et que l'enfant malin, issu de Cythérée,
Vient des feux de sa mère embrâser mes esprits,
Je chasse sans pitié sur les biens des maris.
Au dégoût de l'hymen mainte femme exposée,
Se trouve au changement bien souvent disposée ;
Une autre, en son printems, d'un impuissant époux
Ne pouvant à Paphos obtenir rendez-vous,
Contrainte de céder à l'ordinaire usage,
Se choisit un ami, compagnon du voyage.
L'hymen est un jardin qui, dans toute saison,
De myrthes nous présente une riche moisson :
L'amant, quand il lui plaît, s'en décore la tête ;
L'embarras seul du choix le retient et l'arrête.

Il est un autre champ, non moins fertile encor,

Où je peux à mon gré prendre un facile essor ;
C'est celui du veuvage : en ce lieu solitaire
S'élève des plaisirs l'auguste sanctuaire,
Où l'ardente Déesse accepte, chaque jour,
Des amans protégés mainte offrande à l'amour.

C'est là qu'auprès de toi, ma sensible Fulvie,
S'écoulent les instans les plus doux de ma vie.
Sans craindre les regards et l'injuste courroux
D'un mari soupçonneux, importun et jaloux,
Tous deux, libres des soins que donne l'hyménée,
Unissant nos transports et notre destinée,
Nos cœurs voluptueux, l'un et l'autre éperdus,
Dans l'ombre de la nuit vont être confondus :
Mais déjà mes accens irritent la décence,
Et l'aimable Fulvie ordonne le silence ;
N'allons point profaner d'aussi chastes appas,
Taisons-nous au plus vîte et volons dans ses bras.

Dois-je conter encor les autres avantages
Que peut le célibat donner à tous les âges ?
Dois-je dire comment, variant ses plaisirs,
Il contente nos goûts, cède à tous nos desirs ?
Non : de peur d'une chûte arrêtons notre course,
N'épuisons point ici cette féconde source ;
Et prenant, chère Muse, un instant de repos,
Suspendons nos accords ainsi que nos travaux.

LE CÉLIBATAIRE

CONVERTI.

LE CÉLIBATAIRE CONVERTI,

OU

LES INCONVÉNIENS DU CÉLIBAT.

La raison dans mon âme enfin est descendue,
La vérité m'éclaire et dessille ma vue ;
Entouré de sa cour, l'orgueilleux célibat
Ne me présente plus qu'un vain et faux éclat :
En vantant ses plaisirs, l'apparence trompeuse
Nourrissait mon esprit d'une erreur dangereuse :
Satisfait de mon sort, je chantais ses douceurs ;
Triste, je dois ici dévoiler ses rigueurs.

Où sont du célibat les brillans avantages ?
J'ai fait, en racontant ses tristes apanages,
De son indépendance un éloge pompeux ;
Mais l'homme le plus libre est-il le plus heureux ?
Lorsqu'après le péché de notre premier père ,
La race des humains s'étendit sur la terre ,
Méconnaissant des lois la stricte autorité,
Nos bons aïeux vivaient en pleine liberté :
Tant que l'on vit régner, au sein de l'abondance,
Sur un trône commun, la paix et l'innocence,
Tous ces bergers épars, sans souverains, sans lois,
Conservèrent leurs mœurs , et maintinrent leurs droits ;
Mais, quand les passions, à la fois répandues ,

Vinrent empoisonner leurs âmes ingénues,
Il fallut, renonçant à ces droits naturels,
S'unir et se prêter des secours mutuels :
Sous de communs liens les hommes s'engagèrent,
En corps de nations aussitôt s'assemblèrent,
Et choisissant des chefs, nommant des magistrats,
Formèrent des cités, puis de vastes états :
La loi de la nature ainsi fut abolie ;
Mais la société dès l'instant établie,
Rendant aux citoyens et le calme et la paix,
En veillant sur leurs jours, les combla de bienfaits.
Moins libres, et sujets de la loi sociale,
Sous l'égide sacré de l'équité royale,
Sommes-nous moins contens, sommes-nous moins heureux,
Que l'étaient dans l'Éden nos ignorans aïeux ?

Esclave de ses sens, ma fougueuse jeunesse,
Aussi de l'inconstance a savouré l'ivresse ;
Et naguère soumise à de vagues desirs,
Ma muse encor vantait ses passagers plaisirs :
Moins ardent aujourd'hui, d'un bonheur plus solide,
Plus durable et plus pur, mon cœur se montre avide.
Le temps qui change tout, change aussi nos humeurs.
Déjà le célibat ne m'offre plus de fleurs ;
Et les nœuds conjugaux que j'ai dit si pénibles,
Ce doux enchaînement de deux âmes sensibles,
Sous les traits enchanteurs de la félicité,
Se présentent sans cesse à mon esprit flatté.
Je cherche en vain le fruit de mes ardeurs errantes ;
Courtisant, en un jour, dix beautés différentes,

De chacune, il est vrai, triomphant des rigueurs,
Mes assiduités obtinrent des faveurs :
Au comble de mes vœux, dans le temple de Gnide,
Comme Gentil-Bernard et l'élégant Ovide,
A longs traits respirant l'air de la volupté,
Je sus pratiquer l'art que tous deux ont chanté ;
Partout je prodiguai la douce flatterie,
Et goûtai les plaisirs de la galanterie ;
Mais, sans cesse trompeur et trompé tour à tour,
Jamais je ne connus le prix d'un pur amour.
Imbu d'un préjugé ridicule et vulgaire,
J'ai cru le changement aux époux nécessaire :
O coupable maxime ! O trop fatale erreur !
Voit-on le tourtereau, symbole du bonheur,
Un seul instant quitter sa compagne fidèle ?
Tous les jours plus aimant, il voltige près d'elle,
Lui prodigue ses soins, prévient tous ses désirs,
Soupire sa tendresse et chante ses plaisirs.

Du feu des passions la jeunesse animée,
D'une bruyante vie est enthousiasmée,
Et fertile pour elle en divertissemens,
Le célibat sourit à ses égaremens :
Mais bientôt la raison vient mûrir le bel âge,
Et l'homme autour de lui jette un regard plus sage.
D'erreurs, de préjugés, de vices et d'abus,
Il ne voit ici-bas qu'un ensemble confus,
Qu'un bizarre assemblage où la vertu paisible
Peut à peine répandre une lueur visible :
Telle au soir Syrius, par un tems orageux,

A travers le brouillard, lance de faibles feux ;
Ou telle on voit Phœbé derrière le feuillage,
Jeter quelques rayons par un étroit passage.
En butte à tous les traits de la malignité,
De la haine cruelle et de la fausseté,
Il veut quitter le monde, et de la solitude
Contracter par degrés le goût et l'habitude :
Hélas! loin des plaisirs qu'il évite et qu'il fuit,
La sombre indifférence en tous lieux le poursuit,
Dégénère en tristesse, et le célibataire
Sent dès-lors qu'une épouse à l'homme est nécessaire.
De cette vérité bien convaincu par fois,
Il invoque l'hymen et songe à faire un choix ;
Mais où trouvera-t-il une compagne sage?
Ce penser le retient : inconstant et volage,
L'amant qui, comme lui, passa tous ses loisirs
A voler constamment de plaisirs en plaisirs,
Qui, dans un cercle étroit d'indulgentes coquettes,
Obtint, en s'amusant, de faciles conquêtes,
Et d'intrigue en intrigue, erra sans frein, sans loi,
A la vertu du sexe ajoutera-t-il foi ?
Ainsi le vieux garçon, las de sa destinée,
Redoute et fuit encor les nœuds de l'hyménée.
Cependant sa tristesse augmentant tous les jours,
Du reste de sa vie empoisonne le cours :
La vieillesse survient, frappe son existence,
Et mille infirmités attestent sa présence.
Qui le consolera dans son malheureux sort?
Est-ce un proche neveu, qui n'attend que sa mort?
Le valet qui le veille, et qui le considère

Comme un être inutile, à charge sur la terre,
Pourra-t-il, attentif, prévoyant ses besoins,
D'une aimable moitié lui prodiguer les soins ?

Docile à ses souhaits, la parque généreuse
Enfin tranche le fil d'une vie ennuyeuse,
Et le célibataire à son dernier soupir
Voit qu'il ne va de lui rester nul souvenir.
Telle est d'un vieux garçon la perspective austère ;
Et l'hyménée encor nous semblerait sévère ?
Non : sans plus différer, abjurons notre erreur,
Et volons à l'autel enchaîner notre cœur.

www.ingramcontent.com/pod-product-compliance
Lightning Source LLC
Chambersburg PA
CBHW070911200626
46818CB00006BA/2481